Bienvenue
dans le monde des

Téa Sisters

ALBIN MICHEL JEUNESSE

Salut, c'est Téa, la sœur de Geronimo Stilton! Je suis envoyée spéciale de «L'Écho du rongeur», le journal le plus célèbre de l'île des Souris. J'adore les voyages et j'aime rencontrer des gens du monde entier, comme les Téa Sisters. Ce sont cinq amies vraiment épatantes. Je vous les présente!

Colette a une vraie passion pour le rose et c'est la fille la plus *fashion* du groupe. Toujours occupée à soigner son look, elle est sans cesse en retard!

Violet aime étudier et découvrir sans cesse de nouvelles choses. Elle aime la musique classique et rêve de devenir une grande violoniste!

Pamela mangerait sa pizza adorée même au petit déjeuner. C'est une mécanicienne accomplie. Donnez-lui un tournevis et elle vous réparera n'importe quel moteur !

PAULINA est un peu timide et brouillonne, mais aussi très altruiste. Comme elle aime voyager, elle connaît des gens de tous les pays.

Nicky est passionnée d'écologie et de nature. Elle vient d'Australie et aime la vie au grand air. Elle ne tient pas en place !

Téa Sisters

Texte de Téa Stilton.
*Basé sur une idée originale d'*Elisabetta Dami.
*Collaboration éditoriale d'*Annalisa Strada.
Coordination des textes de Sarah Rossi *avec la collaboration d'*Alessandra Berello *(Atlantyca S.p.A.)*
Coordination éditoriale de Patrizia Puricelli.
Édition de Daniela Finistauri.
Coordination artistique de Flavio Ferron.
Assistance artistique de Tommaso Valsecchi.
Couverture de Giuseppe Facciotto.
Illustrations intérieures de Barbara Pellizzari *(design) et de* Davide Turotti *(couleurs).*
Graphisme de Yuko Egusa.
Cartes : Archives Piemme.
Traduction de Béatrice Didiot.

www.geronimostilton.com

Pour l'édition originale :
© 2009, Edizioni Piemme S.p.A. – Via Tiziano, 32 – 20145 Milan, Italie – www.edizpiemme. it
info@edizpiemme.it – sous le titre *Il diario segreto di Colette*
International rights © Atlantyca S.p.A. – Via Leopardi, 8 – 20123 Milan, Italie – www.atlantyca.com
contact : foreignrights@atlantyca.it
Pour l'édition française :
© 2010, Albin Michel Jeunesse – 22, rue Huyghens, 75014 Paris – www.albin-michel.fr
Loi 49-956 du 16 juillet 1949 sur les publications destinées à la jeunesse
Dépôt légal : second semestre 2010
N° d'édition : 19239/2
ISBN-13 : 978 2 226 20945 0
Imprimé en France par Pollina S.A. en mars 2011 _ L56656b

Stilton est le nom d'un célèbre fromage anglais. C'est une marque déposée de Stilton Cheese Makers' Association. Pour plus d'informations, vous pouvez consulter le site www.stiltoncheese.com

Téa Stilton

LE JOURNAL INTIME DE COLETTE

ALBIN MICHEL JEUNESSE

UN AIR DE PRINTEMPS À RAXFORD !

Après un hiver GLACIAL et pluvieux, le printemps était enfin revenu sur l'île des Baleines. Le parc du collège de Raxford s'était rempli de **FLEURS** à peine écloses et de petits oiseaux gazouillants. Tous les étudiants se sentaient en EFFERVESCENCE. Les filles du Club des Lézards noirs s'étaient donné rendez-vous dans le jardin pour une réunion au grand complet. Ordre du jour : le *journalisme* ! Tanja, la présidente, avait eu l'idée géniale de fonder un JOURNAL ainsi qu'un **BLOG** pour le club. Toutes les filles s'étaient immédiatement ENTHOUSIASMÉES pour ce projet !

– Vous voyez, les filles, commença Tanja, chacune de nous est passionnée par quelque chose...

– Exact ! confirma Colette avec entrain.

– Eh bien, nous pourrions mettre à profit nos

PASSIONS en écrivant des articles et en faisant des R E P O R T A G E S de toutes sortes ! poursuivit Tanja.

Et Violet d'ajouter :

– Oui, et ce ne sont pas les sujets qui manquent : histoire, actualité, mode, sport...

– Je veux bien me charger de créer le blog, proposa Paulina, qui était une experte en matière d'**INTERNET**.

C'est alors que Vanilla, qui jusque-là était restée à l'écart, intervint :

– Et bien sûr, il faudra une rubrique *gossip*...

Les autres acquiescèrent poliment, mais pour elles *gossip rimait avec... ragots !*

AU TRAVAIL !

Le jour suivant, après les cours, les filles du Club des Lézards noirs aménagèrent une salle de classe **DÉSAFFECTÉE** en vrai espace de réunion. Elles firent le MÉNAGE, rassemblèrent des tables au centre de la pièce, disposèrent des chaises autour et apportèrent des journaux et des ordinateurs pour pouvoir rechercher les informations les plus diverses, créer le blog et *mettre en page* le journal… Chacune y mit du sien… enfin *presque* chacune. Vanilla, qui ne se serait jamais abaissée à dépoussiérer de vieilles chaises **bancales**, considérait les travaux d'un œil critique et distribuait les ordres à tout-va.

– Si au moins elle pouvait arrêter de **BRAILLER** comme ça ! grommela Nicky.

Le recteur Octave Encyclopédique de Ratis accueillit le projet des filles avec entrain et proposa de prendre en charge les coûts d'impression.

Le **JOURNAL DU CLUB DES LÉZARDS NOIRS** était lancé ! Il ne restait plus qu'à... l'écrire !

RÉUNION
DE RÉDACTION

Quelques jours plus tard se tint la première réunion de **RÉDACTION**. Entre les cours et les préparatifs, toutes les filles avaient réfléchi au choix des articles et des reportages pour le premier numéro du journal. Tanja notait les propositions sur un ⒝⒧⒪⒞-⒩⒪⒯⒠⒮.

Colette se lança :

– Je propose de faire un **REPORTAGE** sur les nouvelles tendances de la *mode* ! Et comme Zoé aussi connaît bien la mode, on pourrait faire **ÉQUIPE**...

Zoé haussa les épaules.

– OK, si tu y tiens…

– Pam et moi ferons un reportage sur les coins SECRETS de l'île des Baleines ! déclara Paulina.

– Ah non ! rétorqua Connie, outrée. C'était *mon* idée !

Pam lui sourit gentiment.

– Où est le problème ? On travaillera ensemble, Connie !

Connie, un sourire aux lèvres, s'apprêtait à **répliquer**, lorsque Vanilla la foudroya du regard. Connie referma immédiatement la bouche l'air renfrogné.

– Dans peu de temps débuteront les **CHAMPIONNATS D'ATHLÉTISME** sur l'île des Baleines! annonça Nicky. Je ne raterais ça pour rien au monde et je peux en profiter pour faire un super-reportage!

– Le sport… pffff! commenta Vanilla d'un ton acerbe. Moi, je m'occuperai de la **rubrique du cœur**…

Les Téa Sisters échangèrent des regards perplexes : Vanilla n'était pas la discrétion incarnée…

– C'est noté, dit Tanja en s'abstenant de tout commentaire. Sinon, un journal a aussi besoin d'un **RÉDACTEUR EN CHEF**…

Tous les regards se posèrent sur elle : au départ, l'idée du journal était la sienne !

Tanja hasarda :

– Écoutez, je sais que Vanilla y tient…

Paulina proposa alors :

– **Votons** à main levée ! Qui veut de Vanilla comme rédactrice en chef ?

SEULES Vanilla, Zoé et Connie levèrent la patte. Alicia n'avait pas réagi, mais un regard noir de Connie, un coup de coude de Zoé et une bourrade de Vanilla la persuadèrent de voter pour.

Paméla compta :

– Vanilla… quatre voix. Qui vote pour Tanja ?

Les mains de toutes les autres filles s'ENVOLÈRENT au plafond.

Tanja sourit et s'inclina :

– Eh bien… je me sens très honorée, les amies ! Donc, rendez-vous ici dans quatre jours. BON TRAVAIL À TOUTES !

Alors que les étudiantes s'éloignaient, Vanilla murmura, persiflante :

– Il y a des gens qui n'ont vraiment pas beaucoup de jugeote, ici !

Et elle courut dans sa chambre passer un coup de fil urgent.

– Allô, Maman !! rugit-elle dans le *télé-phone*.

– Vanilla ? mon trésooooor !

La voix de Vissia de Vissen lui parvenait de loin, à travers mille **interférences**.

– J'ai besoin d'un nouvel **APPAREIL PHOTO**, commanda Vanilla.

Vissia ne se laissa pas démonter :

– Le kit avec vingt-deux objectifs que tu as reçu pour ton **anniversaire** ne te suffit donc plus ?

– J'ai besoin de quelque chose de plus professionnel ! rétorqua Vanilla, agacée.

Un quart d'heure plus tard, un **HÉLICOPTÈRE** de la famille de Vissen atterrissait sur l'île des Baleines porteur d'un **PAQUET** urgent pour Vanilla.

VIVE LE SPORT !

La nouvelle de la création du journal se répandit rapidement dans tout le collège.

Quand elle arriva aux oreilles de Vik de Vissen, le président du Club des Lézards verts, celui-ci convoqua immédiatement les autres garçons, qui se réunirent dans le jardin.

Vik commença ainsi :

– Comme vous le savez, le **Club des Lézards noirs** a lancé son journal…

Tous acquiescèrent : depuis plusieurs jours, on ne parlait que de ça !

Et il poursuivit :

– Nous, les **LÉZARDS VERTS**, nous ne pouvons évidemment pas être en reste !

– C'est vrai ! Créons, nous aussi, un journal ! renchérit Shen, emballé.

Craig, qui profitait de cette réunion en plein air pour travailler un peu ses abdominaux, fit la grimace.

– Un journal tout *entier*? Moi, je n'ai envie de m'occuper que de *SPORT* !

– **MOI AUSSI ! MOI AUSSI !** s'exclamèrent en chœur ses camarades.

CRÉONS UN JOURNAL, NOUS AUSSI !

Pas de doute : le sport était la passion de tous !

– Donc, c'est décidé : nous ferons un journal sportif, d'accord ? conclut Vik.

Craig exulta :

– Fantastique ! En plus, les **CHAMPIONNATS D'ATHLÉTISME** vont bientôt commencer ! On pourra faire un tas de photos et d'interviews !

– Parfait alors, déclara Vik. Nous suivrons les *championnats*, compétition par compétition !

Un cahier très, mais très intéressant

Dans le cloître du collège, Nicky, Paméla, Paulina, Violet et Colette étaient en pleine discussion.

– On a toutes un tas d'idées de reportages, observa Violet. Mais les idées ne suffisent pas pour faire un bon article !

– Je pense à une chose, les filles ! bondit soudain Colette. Chaque fois que Téa nous a donné des conseils pour devenir de bonnes journalistes, j'ai tout noté dans mon journal INTIME !

– Bravo, Coco ! approuva Pam. Mais un journal intime est une chose très PRIVÉE ! Même nous, nous ne pouvons pas le lire...

Colette sourit.

– Vous voulez rire ?! Bien sûr que si, mes petites sœurs chéries ! En plus, ces conseils nous étaient destinés à toutes ! Je vais vous en lire un…

Les Téa Sisters entourèrent Colette pour que son journal intime reste à l'abri des regards indiscrets. Colette feuilletait rapidement les pages roses et… odorantes de son précieux cahier. Eh oui, elle les avait parfumées !

– *Enfin*, Colette, se moqua Nicky, ce n'est pas un journal, mais un salon de beauté !

Colette continuait sa recherche. À peine trouvait-elle un conseil de Téa qu'elle le lisait à voix **HAUTE** :

– « Rappelle-toi qu'un article doit toujours répondre à six questions : qui ? quoi ? comment ? où ? quand ? pourquoi ? », « Traite avec respect les personnes qui t'accordent une interview » ou encore « Ne te contente jamais d'une seule

version des faits. Cherches-en autant que tu peux et confronte-les entre elles »...

– Ces conseils sont *fantasouristiques* ! s'exclama finalement Nicky.

– On pourrait en tirer dix règles fondamentales pour devenir de bonnes journalistes !

– Tu as raison, acquiesça Paulina. Colette pourrait faire un résumé des conseils de **Téa** et les faire circuler parmi toutes les filles !

Les cinq amies ne pouvaient deviner que quelqu'un entrerait en action bien plus vite que Colette…

Pendant que les Téa Sisters lisaient les remarques de Téa, tout près d'elles, quelqu'un les écoutait avec beaucoup d'**ATTENTION**… trop même !

Vanilla, son *super-appareil photo* en bandoulière, se tenait à l'écart et tendait l'oreille. Elle était très, mais trèèès intéressée par le *cahier* de Colette…

À LA CHASSE AUX SCOOPS !

Dans l'après-midi, Vanilla se dirigea vers les chambres des filles. Elle parcourut le couloir en rasant les murs comme une ombre. Elle avait réussi à ne pas se faire **VOIR**... lorsque, soudain, Alicia apparut à la porte de sa chambre.

– Vanilla, qu'est-ce que tu fabriques ?!

– **Chhhht !** lui ordonna brusquement Vanilla. Parle à voix basse !

Alicia s'approcha en murmurant, cette fois, d'un air conspirateur :

– Tu veux venir avec moi ? Je vais au port. J'ai eu une idée : je vais préparer un article sur les baleines... Tu pourras me prendre quelques clichés ?

– Tu rêves ou quoi ? J'ai bien d'autres **PHOTOS** à faire, pffff !

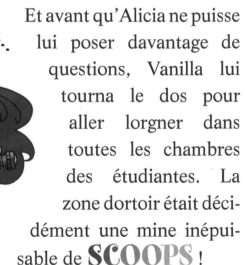

Et avant qu'Alicia ne puisse lui poser davantage de questions, Vanilla lui tourna le dos pour aller lorgner dans toutes les chambres des étudiantes. La zone dortoir était décidément une mine inépuisable de **SCOOPS** !

Glissant rapidement d'un couloir à l'autre, Vanilla prit des clichés sur le VÏF qui lui semblèrent vraiment formidables...

Paulina, le visage couvert d'un masque au CONCOMBRE, photographiée par la porte entrouverte de sa chambre...

Tanja, qui se vantait toujours d'avoir des boucles naturelles, immortalisée avec une forêt de **bigoudis** dans les cheveux...

Elly Calamar, surprise en plein essayage d'une tenue de Schéhérazade pour la fête costumée de fin d'année... Et beaucoup d'autres choses encore !

Clic après clic, Vanilla s'approcha à pas de **LOUP** de la porte de la chambre habitée par Colette et Paméla. Et, le hasard lui donna un précieux coup de PATTE...

UNE AMITIÉ ORAGEUSE!

SECRETS DE BEAUTÉ!

BOURREAU DES CŒURS
EN ACTION!

UN BÉGUIN SECRET
(TRÈS SECRET)!

Alors que Vanilla se tenait là, Colette ouvrit grand la porte de sa chambre et se précipita dans celle de Violet et Tanja.

– Les fiiilles ! Je n'aurais pas laissé dans votre chambre mon bloc avec le POMPON ?

La porte de sa chambre resta entrouverte.

Vanilla saisit l'occasion au VOL et se glissa à l'intérieur…

Le précieux *cahier* était là, juste sur le bureau !
Vanilla le prit et se *faufila* dehors à toute
vitesse.

LES SECRETS DE COLETTE

À peine revenue dans sa chambre, Vanilla s'y claquemura et se **PLONGEA** dans la lecture du journal de Colette. Au fil des pages, elle laissait échapper, de temps à autre, un ricanement de jubilation.

Quand Connie, accompagnée de Zoé, chercha à entrer dans la chambre qu'elle partageait avec Vanilla, elle trouva la porte **FERMÉE** à clé. Elles durent frapper plusieurs fois pour se faire entendre :

– VANILLA, C'EST NOUS ! OUVRE, À LA FIN !!

Vanilla était si absorbée par sa lecture qu'elle se contenta de grommeler :
– Je suis occupée ! Pas maintenant !
Après une demi-heure, elle finit quand même par **ouvrir** la porte, juste ce qu'il fallait pour laisser passer ses deux **amies**.

– Enfin, pourquoi tu nous as laissées dehors ?! demanda Connie.

Prudemment, Vanilla pointa le nez dans le couloir et **INSPECTA** les environs avec suspicion, puis elle murmura :

– J'ai trouvé une petite chose très intéressante…

Leur agitant sous le nez le journal intime de Colette, Vanilla ricana :

– Ça, c'est du chaud, du très **CHAUD**, les filles ! Elle désigna quelques pages à Connie et Zoé en leur disant :

– Hé ! hé ! Regardez un peu ce qu'elle écrit à propos de mon cher **FRÈRE** : « Vik s'est montré encore une fois à la hauteur. Chaque fois que je le vois, je ne peux m'empêcher de penser que… »

– Et après, qu'est-ce qu'elle dit ? la relança Connie.

Vanilla lui fit un clin d'œil.

– Facile à imaginer, non ?

Zoé acquiesça, une lueur mauvaise dans le regard.

– Eh ben ! Et tout ça, écrit... rose sur blanc !

Vanilla indiqua à ses amies d'autres passages du cahier :

– Ici, elle parle même de Téa Stilton ! Et là de ses bonnes copines ! Et puis là... et là encore...

Les yeux de Connie et de Zoé brillaient de curiosité et de malveillance.

Vanilla conclut, triomphante :

– Il suffira de faire quelques petits aménagements... et nous aurons un reportage aux petits OIGNONS ! Vous verrez !

Connie ajouta :

– Et moi, j'ai eu une autre idée pour donner une leçon aux Téa Sisters !

Elle fit signe à ses amies de s'approcher et leur révéla tout bas son plan PERFIDE...

Vik s'est montré encore une fois à la hauteur...

Quand je reverrai Pam, je lui dirai qu'elle est gratinée. Aussi gratinée que les pizzas qu'elle engloutit !

Si seulement Violet pouvait comprendre que parfois...

AU VOLEUR !

De retour dans sa chambre, Colette s'installa à nouveau à son bureau. Elle voulait finir de consulter les conseils de Téa et les transcrire. Mais… elle regarda tout autour d'elle, stupéfaite : où donc était passé son journal ?! Elle se mit à fouiller partout : sous le bureau, parmi les livres, en dessous du lit… aucune TRACE du cahier !

Tout en cherchant, elle marmonnait tout haut :

– Et pourtant, je suis certaine de l'avoir laissé ici avant de sortir !

Puis elle s'arrêta net. Elle regarda la porte, puis fixa le bureau. Et tout d'un coup, elle comprit :

– Oh, nooonnn ! Quelqu'un est entré et me l'a volé !

C'est alors que Paméla apparut au seuil de la
C H A M B R E.

– Qu'est-ce qu'on t'a volé, Coco ?

– Mon journal intime ! Je n'arrive pas à y croire…
répondit Colette, **effoNDRée**.

– Comment ?! Tu es sûre de ce que tu dis ?

– Sûre et **CERTAINE** !

Paméla appela Nicky, Violet et Paulina à la
rescousse, et toutes les cinq se mirent à chercher

TU AS CHERCHÉ PARTOUT ?

dans chaque coin et recoin de la chambre, mais, rien à faire, le cahier semblait s'être **VOLATILISÉ**.

Les Téa Sisters entamèrent une discussion animée pour savoir qui pouvait l'avoir volé.

Colette arpentait sa chambre de long en large, en proie à une grande **agitation**. Violet essaya de la réconforter :

– Allez, Coco, calme-toi ! Tu es trop nerveuse ! Ce qu'il te faut, c'est une bonne tisane !

Devant une **TASSE** fumante, Coco essaya de rassembler ses esprits :

– Je ne suis sortie de la chambre que quelques minutes…

Paméla croisa les bras, préoccupée.

– C'est une affaire grave ! Dans ton journal, il n'y avait rien de **COMPROMETTANT**, n'est-ce pas ?

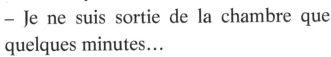

Colette secoua la tête, l'air encore plus affligé.

– Non... bien sûr... Mais j'y ai noté mes pensées les plus intimes... les notes prises après les discussions avec Téa, le récit de nos AVEN-TURES, toute ma vie, quoi ! Qui a pu me faire un coup pareil ?!

Les filles étaient indignées : voler une affaire personnelle était vraiment impardonnable !

– Mais qui pourrait avoir intérêt à connaître les SECRETS de ta vie ? demanda Nicky, étonnée.

Soudain, le silence se fit et toutes les filles pensèrent la même chose...

– S'il y a quelqu'un à Raxford... commença Paméla.

– ... qui aime mettre son museau dans les secrets des autres... continua Violet.

– ... et qui n'en rate pas une pour jouer des sales TOURS... poursuivit Paulina.

– ... c'est, sans aucun doute... enchaîna Nicky.

– ... Vanilla de Vissen!!! explosa Colette.

Entre-temps, la **NUIT** était tombée à Raxford et, dans les chambres, les lumières s'étaient éteintes une à une. Toutes, sauf celles de la chambre que partageaient Vanilla et Connie, qui étaient toujours plongées dans la lecture du cahier **volé**.

Oaaahhh ! Elle en a vraiment écrit des tartines…
bâilla Connie.

– Exact, et ça va nous **faciliter** les choses,
hé ! hé ! hé ! ricana Vanilla, toute contente de la
mine d'*or* qu'elle tenait entre les mains.
Connie lui lança un regard perplexe.

– Il est très tard, Vanilla. Moi, je me couche !
Vanilla se contenta de grommeler :

– Laisse la LUMIÈRE allumée : je veux le relire
une dernière fois…

INTÉRESSANT !

LE TEMPS PRESSE !

Après avoir mûrement réfléchi, les Téa Sisters décidèrent de ne pas parler du **VOL** au recteur dans l'immédiat : il s'agissait d'une affaire personnelle et elles voulaient la régler elles-mêmes.

Le matin suivant, elles se levèrent très tôt : il fallait s'activer pour préparer les *ARTICLES* de leur journal ! Le vol tombait au pire moment…

Il leur restait très peu de **TEMPS** pour mettre au point leurs reportages !

Nicky encouragea ses amies :

– Allez, les filles, un peu d'*optimisme* !

On retrouvera le cahier de notre chère Coco et nos articles seront géniaux ! Vous verrez qu'à la fin de la semaine, tout sera arrangé d'une manière ou d'une autre !

Puis elle ajouta en leur adressant un clin d'œil :

– D'ici là, souhaitez-moi BONNE CHANCE... Je file aux championnats !

– Fonce, Nicky ! Tu es notre **REPORTER** sportif préféré !

REPORTERS EN PISTE !

Elly et Violet proposèrent à Nicky de l'accompagner aux championnats.

– Comme j'aimerais avoir un *autographe* de Nina Rongebury! confia Elly à ses deux amies.

Nicky observa :

– Oui, Rongebury est une vraie championne du **TRIPLE SAUT** !

Mais, moi, je préfère les épreuves de **COURSE**, comme celle du 200 mètres : il y aura le **mythique** Jesse Ratens !

– Nina Rongebury? Jesse Ratens? répéta Craig, qui sortait juste du collège en compagnie de Shen et de Vik. Hé,

NINA RONGEBURY

JESSE RATENS

les filles, vous partez assister aux championnats ?

– *Yes !* exulta Nicky. Vous y allez, vous aussi ?

Shen acquiesça. Puis, **rougissant** légèrement, il demanda :

– Euh… Paméla ne vient pas ?

Violet lui répondit avec un sourire :

– Malheureusement, aujourd'hui, elle avait d'autres projets.

Craig balança une TAPE sur l'épaule de Shen.

– T'inquiète, mon pote ! On a beaucoup de travail à abattre !

– Du travail ?! s'étonna Elly.

– Exact ! Des articles à boucler pour notre nouveau journal : *SOURISPORT* !

– Oups ! s'exclama Nicky. Nous aussi, nous

T'INQUIÈTE, MON POTE !

voulons aller réaliser un REPORTAGE sur les championnats. Après quelques instants de silence général, Violet observa :

– Bon, comme nous y allons tous… pourquoi ne pas s'organiser et travailler **ensemble** ?

– J'étais en train de me dire la même chose, acquiesça Vik en souriant.

À l'extérieur du **STADE** de l'île des Baleines, les reporters en herbe se répartirent les tâches : Craig et Nicky suivraient les épreuves de **VITESSE**, Violet et Vik les compétitions de **SAUT**, pendant qu'Elly et Shen se consacreraient aux autres disciplines.

Lorsqu'ils expliquèrent aux organisateurs qu'ils étaient envoyés par leurs journaux, les jeunes reporters obtinrent immédiatement l'autorisation de s'approcher de la piste pour prendre quelques **PHOTOS** et interviewer les athlètes.

– Waouh ! Je n'ai jamais suivi une compétition au bord même de la PISTE ! exulta Craig.

Nicky renchérit :

– C'est une occasion *exceptionnelle* ! Et maintenant, **ALLONS-Y** : nos épreuves vont commencer !

Nicky et Craig gagnèrent leurs places, tandis que, dans les gradins, les ENCOURAGEMENTS des supporters se faisaient plus fervents.

UNE COURSE SUSPECTE

Les sprinters qui devaient courir le 200 mètres s'*activaient* à bien chauffer leurs muscles avant l'épreuve.

Nicky, l'œil rivé au TÉLÉOBJECTIF de son appareil photo, fixait la piste. Elle observait les juges de courses absorbés par les derniers préparatifs sur le terrain, lorsqu'elle en aperçut un qui s'approchait de la cellule photovoltaïque de la ligne d'arrivée. Nicky ZOOMA sur lui alors qu'il scrutait prudemment les alentours, tout en manipulant l'appareil…

– Eh, Craig ! Il se passe quelque chose de suspect à la ligne d'arrivée… s'alarma la jeune fille.

– Sois tranquille ! la rassura Craig. Ce sont des championnats sérieux : tout est placé sous la plus haute surveillance. Tenons-nous prêts à prendre des photos : les demi-finalistes vont bientôt partir !

Alors même qu'il prononçait ces derniers mots, le signal du départ retentit et les athlètes bondirent des starting-blocks.

Le chroniqueur sportif du stade ponctuait la course de commentaires de plus en plus enflammés :

– Et voici le favori, Jesse Ratens, qui lutte au coude à coude contre Jo Speed !

RATENS DÉCOLLE !
RATENS DÉPASSE !
RATENS...

Le stade entier devint silencieux l'espace d'un instant.

– **INCROYABLE !** finit par dire le chroniqueur, interloqué. Ratens semblait bien avoir gagné, mais la **PHOTO-FINISH** donne Jo Speed en tête !

Un **GRONDEMENT** diffus envahit le stade.

Après un moment d'interruption, le chroniqueur confirma :

– Eh bien, oui ! Speed arrive premier et Ratens deuxième ! Et bientôt, l'ÉPREUVE finale !

Nicky fronça les sourcils : quelque chose ne collait pas dans cette course !

Même Craig avait l'air perplexe :

– C'est vraiment bizarre... Ratens a une DÉTENTE puissante, et Speed est connu pour ralentir au passage de la ligne d'arrivée...

Nicky ajouta, l'air sombre :

– Peut-être que son sponsor est très RICHE et... ambitieux ! Suivons la finale en ouvrant l'ŒIL !

Craig courut appeler les autres.

TRAVAIL D'ÉQUIPE

Réunis au bord de la piste, garçons et filles étaient **DUBITATIFS**.

– Qu'est-ce qu'on fait ? demanda Elly.

Nicky était hésitante :

– Je n'ai pas encore de plan. Réfléchissons ensemble... nous aurons certainement des **IDÉES** !

Shen cogita un moment et finit par proposer :

– Il faut contrôler tout le parcours de la course. D'après les **SOUPÇONS** de Nicky, le point sensible serait la ligne d'arrivée...

– Je peux y aller ! Je me placerai juste derrière le juge de courses et je ne le lâcherai pas du regard ! proposa immédiatement Craig.

Nicky posa une main sur son épaule.

– Du calme ! Ce n'est pas la bonne tactique. Si le juge se sent **OBSERVÉ**, il sera plus prudent et nous ne réussirons pas à avoir de preuve.

Puis elle suggéra :

– Craig, ton appareil photo a un objectif beaucoup plus **PUISSANT** que les nôtres. Tu peux donc suivre ce qui se passe à distance, là où personne ne te remarquera !

RÉFLÉCHISSONS À UNE STRATÉGIE...

Violet attira l'attention des autres sur son carnet :
– Regardez, les amis ! J'ai fait un CRO-QUIS du stade en signalant les meilleurs points d'observation.

Chacun alla immédiatement se placer selon les **INDICATIONS** du schéma : Violet s'installa près des starting-blocks ; Shen prit position à mi-parcours ; Nicky et Elly se rendirent à la **LIGNE D'ARRIVÉE**, pendant que Vik et Craig, muni de son appareil photo, s'assoyaient sur les gradins, prêts à tout photographier. De là, ils pouvaient parfaitement couvrir le parcours entier de la course.

BANG!

La détonation marqua le début de la finale. Violet transmit tout de suite son feu vert à Shen : le départ avait été régulier.

Shen observa les athlètes **BONDIR** et leva la main : c'était le signe convenu pour dire aux autres qu'il n'y avait pas eu d'EMBROUILLE.

À la fin de la course, la photo-finish déclara à nouveau Speed vainqueur...

Mais Nicky avait été très attentive et n'avait plus aucun doute : Ratens avait passé la ligne d'arrivée en premier ! Une PHOTO prise avec son appareil numérique en témoignait.

Pendant que le public APPLAUDISSAIT Speed sans grande

1 LES ATHLÈTES SONT PRÊTS À BONDIR DES STARTING-BLOCKS !

2 ILS ARRIVENT À MI-PARCOURS.

3 LES ATHLÈTES S'APPROCHENT DE LA LIGNE D'ARRIVÉE, OÙ LE JUGE DÉPLACE FURTIVE-MENT LA CELLULE PHOTOVOLTAÏQUE !

4 LIGNE D'ARRIVÉE : SPEED ET RATENS SONT AU COUDE À COUDE, MAIS RATENS PASSE LA LIGNE LE PREMIER !

conviction, les jeunes de Raxford se réunirent sous les tribunes.

Nicky montra sa photo :

– Regardez, on le voit très bien. Le premier pied qui passe la ligne est celui de Ratens !

Craig exhiba, RADIEUX, ses propres clichés pris d'en haut :

– Moi, j'ai fait une séquence photo complète ! On y voit le juge qui, en vue de la photo-finish, déplace la cellule PHOTOVOL-TAÏQUE pour faire croire à la victoire de Speed !

– Tope là ! s'autocongratulèrent les jeunes gens.

– Nous sommes une vraie équipe ! exulta Nicky.

– Exact, confirma Vik. Allons informer les organisateurs de cette EMBROUILLE !

Grâce aux photos prises par les jeunes reporters, la fraude fut démasquée. Et le scoop final fut grandiose : un instantané du juge **MALHONNÊTE** emmené par les forces de l'ordre !

Pendant ce temps, Jesse Ratens montait sur la plus **HAUTE** marche du podium, comme il le méritait, sous les applaudissements frénétiques du public.

Craig sourit d'un air satisfait.

– Je savais bien que Ratens était le **MEILLEUR** !

Entre-temps, à Raxford, une autre personne entrait en action...

SAC À DOS
À L'ÉPAULE!

– Alors, on est prêtes? On peut partir?
Paméla, un gros sac à dos à l'épaule et les clés de son quatre-quatre à la main, attendait impatiemment à l'entrée du collège.
– Me voilà! haleta Paulina en la rejoignant.
Puis elle ajouta, avec une moue :
– Espérons seulement que Connie ne fera pas des siennes!
Paméla lui adressa un clin d'œil.
– Qui sait? Peut-être découvrira-t-on à l'occasion de ce reportage qu'elle est sympathique!
– C'est ça… soupira Paulina, peu convaincue.
Les filles étaient en partance pour la **GORGE DES FAUCONS**, une vallée étroite riche en **FOSSILES**.

Selon les géologues, les fossiles de cette gorge, située au pied d'un sommet très élevé, prouvaient que l'île des Baleines avait jadis été complètement recouverte par les **EAUX**.

C'était là un sujet parfait pour un reportage sur les origines de l'île des Baleines !

Paméla et Paulina sortirent du **COLLÈGE** et retrouvèrent Connie, déjà prête, à côté du quatre-quatre. Elle était équipée d'un sac à dos et d'une grosse besace en toile.

Pam se mit au volant et Paulina sur le siège du passager. Connie s'installa sur la banquette arrière et, soupirant, sortit de son sac deux **ENVELOPPES**.

– Je me suis occupée du matériel dont on aura besoin : j'ai préparé pour chacune de nous une carte de la forêt qui mène à la Gorge des Faucons, une **boussole** et un résumé de l'histoire de l'île des Baleines…

Paméla regarda son enveloppe d'un air un peu méfiant.

– C'est très **GENTIL**, Connie...
Paulina, elle, ne put retenir sa *SURPRISE*.
– Tu as fait bien plus que le nécessaire ! Merci beaucoup !
– De rien, abrégea Connie. Et maintenant, partons ! Il est déjà TARD !

Paméla conduisit jusqu'à l'endroit où le chemin de terre battue se transformait en un étroit sentier plongeant dans les **FOURRÉS**.

À peine descendue de la voiture, Connie se frappa le front du plat de la main.

– Quelle idiote je suis !

Paulina et Paméla la regardèrent, **étonnées**.

– Qu'est-ce qui se passe ?

– J'ai laissé mon **TÉLÉPHONE PORTABLE** au collège.
Paulina glissa rapidement la main dans une poche de son sac à dos.

– Pas de problème, je te prête le mien!
Connie lui jeta un regard **GLACÉ**.

– Tu crois que je peux utiliser n'importe quel téléphone? Pas question! J'ai besoin du mien : il n'existe qu'en série limitée et il est **SUPERTECHNOLOGIQUE**!
Pam et Paulina proposèrent de la reconduire au collège, mais Connie secoua la tête.

– Non, surtout pas! Si nous **RENTRONS** toutes, nous perdrons un temps fou!
Paulina objecta :

– Mais si tu rentres à pied, tu vas mettre un temps infini!
Connie s'obstina :

– J'y vais à *pied* et je reviendrai avec ma

voiture. Je ne peux absolument pas me passer de mon téléphone, mais… le mieux est que vous commenciez à y aller !

Paméla et Paulina finirent par se laisser convaincre et pénétrèrent dans la forêt, tandis que Connie repartait dans la direction OPPOSÉE.

– Hé ! Hé ! Allez-y, les filles ! ricana tout bas Connie. Une belle SURPRISE vous attend…

PERDUES EN PLEINE FORÊT !

– Mais enfin, le NORD devrait être par là...
Paméla fixa l'aiguille de sa boussole d'un air perplexe. Paulina se gratta la tête.
– Ce n'est pas possible ! Le soleil est ici et les lichens poussent là...
Paulina sortit sa propre BOUSSOLE de son sac et la regarda, la secoua et la fixa à nouveau. À la fin, elle la rempocha et écarta les bras, fataliste.
– Bon...
Les filles examinèrent les cartes sous divers angles.
– Il y a quelque chose qui ne va pas... dit Paulina. D'après la carte, sous nos pieds, il devrait y avoir un LAC !
Les deux amies échangèrent un regard INQUIET.

– Qu'est-ce qu'on fait, maintenant ?

– Moi, je ne vais certainement pas prendre racine ici ! s'exclama Paméla d'un ton décidé. Repartons en direction de la vallée pour trouver un chemin qui nous ramène à Raxford !

Elles suivirent un sentier à peine TRACÉ au cœur de la forêt. Mais, plus elles avançaient, plus l'entrelacs de BRANCHES et de végétation se faisait

dense. La lumière du jour filtrait de plus en plus FAIBLEMENT entre les frondaisons, la température commençait à baisser et le terrain devenait *de plus en plus* dangereusement glissant !

Si bien que tout d'un coup...

FRUSHHHHHH

On entendit le bruit d'une dégringolade, suivi d'un hurlement :

– AHHHHHH !

Paulina, qui marchait devant, se retourna aussitôt.

– Pam ?! Pam, où es-tu ? Paaam ?!?

Une petite **VOIX** lointaine lui répondit :

– Paulina, je suis ici, en bas !

Paulina s'approcha de l'endroit où Paméla était Ⓣ Ⓞ Ⓜ Ⓑ Ⓔ Ⓔ . En se penchant en avant, elle vit que son amie avait échoué au fond d'un trou.

– Pam, tu t'es fait mal ?

– Non, non... seulement quelques ÉGRA-TIGNURES.

Pam se mit à marcher de long en large, fourrageant du pied dans les feuilles, l'humus et les cailloux.

– Tu vas pouvoir *remonter* ? lui cria Paulina.
La voix de son amie lui parvint, moins distincte :

– Même pas la peine d'y penser ! Viens plutôt voir ce que j'ai trouvé !

Paulina *descendit* précautionneu-sement. Elle n'imaginait pas le spectacle qui l'attendait !

UNE RÉUNION PLEINE DE SURPRISES

Pendant ce temps, la **RÉDACTION** du Club des Lézards noirs s'apprêtait à se réunir pour discuter des données qui avaient été recueillies. Colette, Nicky et Violet se dirigeaient vers la salle de réunion.

– Est-ce que vous avez vu Paméla ? demanda Colette.

Nicky secoua la tête et Violet ajouta :

– En fait, je n'ai pas non plus revu Paulina depuis hier soir. Quand leur avez-vous parlé pour la dernière fois ?

– Ce matin, elles devaient se rendre à la **GORGE DES FAUCONS** avec Connie, se rappela Colette.

– Espérons qu'elles seront à la réunion, déclara Nicky, un peu préoccupée. Sinon, il vaudrait mieux partir à leur recherche !

Les rédactrices s'installèrent autour des tables.

Tanja ouvrit la séance :

– Bon, les filles, sommes-nous au complet ?

Nicky regarda autour d'elle et fit remarquer :

– Ni Pam ni PAULINA ne sont là, et aucune de nous ne sait où elles sont. L'une de vous les a-t-elle vues ?

Connie répliqua assez **BRUSQUEMENT** :

– Elles doivent être en train de rentrer de la Gorge des Faucons. On devait y aller ensemble, mais elles ne m'ont pas attendue et sont parties toutes seules...

Les Téa Sisters ne firent aucun commentaire, mais quelque chose sonnait **FAUX** dans les paroles de Connie.

Tanja changea de sujet :

– Bon, notre journal nous attend ! Regardons ce que nous avons récolté. Puis, quand Paulina arrivera, elle nous dira où en est le blog.

Les filles sortirent leurs **chemises** de notes et se mirent à confronter leurs travaux. Un murmure animé envahit la salle.

– *Lisez ça !*

– Regardez ce que j'ai trouvé !

– Quel **SCOOP** !

– Du calme ! Du calme ! intervint Vanilla, qui imposa le silence d'un coup de chemise sur la table. Commençons par les affaires les plus importantes, s'il vous plaît...

DES ARTICLES...
AU VITRIOL !

Avec une lueur mauvaise dans le regard, Vanilla éparpilla sur la table quelques pages en **COULEUR**.

Tanja intervint sur le champ :

– Voyons, Vanilla, tu sais bien que tu ne devais pas apporter des articles déjà mis en page ! À la première réunion, nous avons décidé toutes ensemble que c'était Paulina qui s'occuperait du graphisme et de la mise en page !

– Eh bien, comme ça, je lui ai épargné un peu de travail, répliqua Vanilla d'un ton doucereux.

Entre-temps, les pages passaient de main en main, provoquant des murmures de curiosité et de surprise de la part des membres du Club des Lézards noirs.

– Coco, mais qu'est-ce qui t'arrive ? demanda Violet.

Colette, devenue pâle comme un linge, chancelait. Puis, elle se reprit et, désignant les pages de Vanilla consacrées au gossip, elle murmura :

– Violet, Nicky, ces phrases sortent tout droit de mon journal intime ! Pas exactement tournées comme ça, mais, croyez-moi : elle les a pêchées dans mes notes... Et je peux tout vous expliquer...

Nicky et Violet répondirent à l'unisson :

– Cette VIPÈRE de Vanilla !

Puis Vanilla étala sur la table quelques pages de son bloc-notes et réalisa, aux yeux de toutes, un COUP DE MAÎTRE.

En les distribuant, elle dit :

– J'ai aussi eu l'idée de rédiger un petit essai sur l'art d'être journaliste. Quelque chose de simple et de CLAIR pour toutes. Je l'ai écrit en m'inspirant de mes expériences passées...

LES DIX RÈGLES DU PARFAIT JOURNALISTE

par Vanilla de Vissen

1. Toujours chercher le mot APPROPRIÉ.

2. Écrire des phrases COURTES.

3. Ne rien tenir pour acquis, mais veiller à tout EXPLIQUER.

4. VÉRIFIER la fiabilité de ses sources.

5. Traiter les personnes interrogées avec RESPECT.

6. S'efforcer de rester IMPARTIAL.

7. LAISSER S'EXPRIMER les opinions de tous.

8. Rechercher sans cesse la VÉRITÉ.

9. NE JAMAIS MENTIR.

10. Entretenir sa CURIOSITÉ et ne pas se contenter de peu.

Nicky et Violet aidèrent Colette à se lever du siège sur lequel elle s'était **EFFONDRÉE**, et toutes trois quittèrent la salle.

– On en a assez entendu : c'est le moment de réunir les Téa Sisters. Partons à la **RECHERCHE** de Pam et de Paulina.

L'ÉQUIPE DE SECOURS

Dans tout le collège de Raxford se répandit la nouvelle que Paulina et Paméla n'avaient pas donné signe de vie depuis longtemps. Il fallait organiser une équipe de SECOURS ! Shen, prêt à tout pour sa chère Pam, fut le premier à offrir son aide. De nombreux autres se proposèrent, et, alors que le soleil se couchait à l'HORIZON, le groupe de secouristes se mit en route.

Le quatre-quatre de Paméla fut facile à retrouver. Nicky examina les traces par terre.

– Il y a trois séries d'EMPREINTES, regardez ! Il y avait donc trois personnes… dont une semble avoir rebroussé chemin vers le collège…

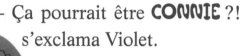
– Ça pourrait être **CONNIE** ?! s'exclama Violet.

–Sûrement. Les deux autres vont vers la **FORÊT** ! observa Nicky.

Shen s'illumina.

– Ce sont peut-être les empreintes de Paméla et Paulina !

– Allons les chercher ! proposa Nicky en suivant la **direction** des traces.

Ils pénétrèrent dans le bois et, après quelques pas, trouvèrent le premier `indice` laissé par Paméla et Paulina pour reconnaître le chemin du retour.

C'est Violet qui le remarqua :

– Regardez ! Ce pourrait être un signe laissé par Pam !

Par terre, à l'endroit où le sentier bifurquait, était en effet posé un **TOURNEVIS**.

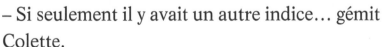

– Sûrement, confirma Nicky. Et connaissant Pam, la POINTE du tournevis indique la direction qu'elles ont prise !

Le groupe progressa dans le silence des arbres. La forêt, désormais plongée dans l'OBSCURITÉ, prenait une allure spectrale. Les secouristes durent allumer les TORCHES qu'ils avaient apportées.

– Pourvu qu'on les trouve RAPIDEMENT, commenta Elly en regardant autour d'elle, pleine d'appréhension.

– Si seulement il y avait un autre indice… gémit Colette.

– Ici ! répliqua Nicky en braquant la torche sur une petite BRANCHE à laquelle étaient attachés deux brins d'herbe.

– Il s'agit d'un **CODE** que nous avons souvent utilisé lors de nos excursions, expliqua Nicky. Ça veut dire qu'elles sont parties dans cette direction et qu'elles ont tourné deux fois à droite ! Elles ont dû laisser ces repères pour être sûres de retrouver leur chemin, comme on le fait toujours dans ces cas-là.

Un peu plus loin sur le sentier, le groupe tomba sur un alignement de petits cailloux en forme de **FLÈCHE**.

Ils poursuivirent dans la direction indiquée et aperçurent une suite de courts **bâtons** placés bout à bout... qui les mena à l'endroit précis où Paméla avait fait sa dégringolade !

– Il va falloir descendre là ?! s'alarma Colette en jetant un regard perplexe à la voie ouverte par Paméla. C'est terriblement **ESCARPÉ** !

– Courage, Coco ! l'encouragea Nicky.

Et ils glissèrent l'un après l'autre le long de la pente.

Paméla et Paulina, qui entendirent arriver les secouristes, se précipitèrent à leur rencontre : quelle JOIE de se revoir! Pam les serra tous dans ses bras, même Shen, qui, pendant quelques instants, en resta tout hébété.

– On dirait que cette sale AVENTURE ne vous a pas terrorisées, observa Nicky.

– TERRORISÉES ?! s'étonna Pam. On est aux anges! Venez voir ce qu'on a trouvé!

UNE DÉCOUVERTE FANTASOURISTIQUE !

Paméla et Paulina conduisirent leurs amis à l'entrée d'une mystérieuse **GROTTE**.
Paulina expliqua avec enthousiasme :
– Nous sommes presque certaines que cette grotte n'a jamais été explorée avant !
Paméla, radieuse, les guida un peu au-delà de l'entrée :
– Nous n'avons pas l'équipement adapté pour l'***EXPLORER*** vraiment, rien que nos torches, mais regardez ce qu'on voit d'ici !
Leurs compagnons avancèrent de quelques pas et Paméla illumina une énorme **STALACTITE**, dont se détachait très lentement une goutte

d'eau. En contrebas coulait un ruisselet à l'eau transparente et gargouillante.

– Regardez sous la surface... Vous voyez ces petits CAILLOUX ?

Tous s'approchèrent pour mieux voir : les petites pierres ressemblaient à du GRAVIER, mais elles étaient plus claires et parfaitement rondes.

– Ce sont des *perles de grotte*, expliqua Paulina. Les stalactites laissent tomber dans le ruisseau des *gouttelettes* faites d'eau et de calcaire. Puis le courant façonne progressivement le calcaire en petits cailloux tout RONDS... Pour fabriquer ces perles, il faut des milliers d'années !

Tous continuèrent d'observer en silence ces parfaites sphères toutes lisses, patiemment travaillées par la NATURE.

Nicky exprima ce que tous pensaient tout bas :

– Ça, c'est une découverte, les amis !

★ ★ ★QUEL SCOOP ! ★ ★ ★

– Tout le mérite en revient à Connie ! proclama Paulina d'un air faussement solennel.

Elly fronça les sourcils.

– Comment ça ?

Paméla montra l'envers de sa boussole.

– Regardez un peu ! Elle a mis de mini-aimants à l'arrière des boussoles qu'elle nous a passées... pour qu'on se perde !

– Et ce n'est pas tout ! renchérit Paulina. Elle nous a aussi passé des cartes FALSIFIÉES ! Et, malgré tout le mal qu'elle s'est donné pour les trafiquer...

– ... elle vous a fait un beau cadeau ! s'amusa Shen.

Tout ému's de cette découverte inattendue, les jeunes gens se préparèrent pour retourner tous ensemble au collège.

RÈGLEMENT DE COMPTES

– Les filles, je vous jure : je n'y suis pour rien !
À l'entrée de la bibliothèque du collège, Paméla et Paulina avaient COINCÉ Connie pour obtenir des EXPLICATIONS sur leur mésaventure de la veille.

EUH... JE NE COMPRENDS PAS CE QUI S'EST PASSÉ...

Connie continua à se justifier :

– J'ai pris des cartes venant d'internet ! Peut-être y a-t-il eu un **problème** à l'impression...

Paméla poursuivit l'interrogatoire :

– Et les boussoles, alors ?!

Connie répondit la bouche en cœur :

– Ah, les boussoles... Les vôtres aussi vous ont joué des **TOURS** ?! Moi, je me suis perdue et j'ai eu du mal à retrouver mon chemin... Je suis arrivée à la Gorge des Faucons si tard que, quand je ne vous y ai pas vues, j'ai pensé que vous étiez déjà reparties !

Paulina **TORDIT** le museau d'un air sceptique.

– Tu ne manques pas de culot, Connie ! Pourquoi ne veux-tu pas reconnaître ce que tu as manigancé ? Tu pourrais au moins être honnête !

Connie écarquilla les yeux.

– Mais je n'ai **rien** fait ! Je vous jure ! Et j'étais vraiment **DÉSOLÉE** pour vous...

Paméla et Paulina soupirèrent : pas moyen de la faire avouer. Résignées, elles échangèrent un signe d'entente tacite et s'éloignèrent.

Zoé s'approcha de Connie et lui chuchota :

– Tu as bien fait de tout NIER ! De toute façon, elles n'ont aucune preuve !

– Nier, oui, c'est ça… Mais elles ont vraiment une *chance* insolente ! C'est moi qui aurais dû trouver la grotte ! rétorqua aigrement Connie.

Peu après, à la bibliothèque, Pam se mit à transférer sur un ordinateur les **PHOTOS** prises dans la grotte. Paulina, assise à côté, intégrait leur reportage dans le tout nouveau blog du Club des Lézards noirs.

L'une après l'autre, les filles du club confièrent les *reportages* finis à Paulina pour qu'elle les mette en page.

La première fut Elly :

– Paulina, je t'ai transmis par mail mon article sur l'histoire du port…

Puis vinrent Zoé et Colette :

– Tiens, voici les images que nous avons choisies pour le sujet sur la *MODE*…

En près d'une demi-heure, Paulina fut submergée de feuilles, documents, CD et photos…

Quand Shen, les bras chargés de gros **LIVRES**, passa à côté d'elle, il heurta un porte-crayons… qui s'abattit sur une pile de

CD... laquelle précipita à terre l'ensemble des feuilles dans un grand envol de papier !

– *OOOH NOOON !* s'exclama Paulina. Puis elle se baissa pour tout ramasser, pendant que Shen balbutiait des excuses.

Sous le bureau, quelque chose attira l'attention de la jeune fille : d'un sac élégant posé par terre dépassait l'angle rose d'un CAHIER... exactement le même que celui de Colette ! Paulina releva les yeux et identifia la propriétaire du SAC : *Vanilla de Vissen*, occupée à écrire sur son ordinateur dernier cri !

Il fallait absolument récupérer le *journal* intime de Colette, maintenant ou jamais ! Mais comment faire ?

FINALEMENT DÉMASQUÉE

Paulina se leva à toute vitesse et murmura quelque chose à l'oreille de Shen.

Quelques instants plus tard, Shen se leva, l'air de rien. En passant à côté de Vanilla, il fit semblant de trébucher sur son sac, mais en réalité, il lui expédia un coup de pied bien senti !

Le contenu du sac de Vanilla s'ÉPAR-PILLA sur le sol.

– Regarde un peu où tu mets les pieds, espèce d'idiot! glapit Vanilla, furibonde, tout en se penchant pour ramasser ses affaires.

Mais, derrière elle, une voix la fit **sursauter**...

– Excuse-moi, Vanilla, mais qu'est-ce que mon cahier fait dans ton sac?

C'était Colette!

Vanilla écarquilla ses grands **YEUX** verts.

– Dans mon sac?! Je n'en ai aucune idée! Quelqu'un a dû l'y mettre!

Les autres Téa Sisters s'approchèrent et la dévisagèrent d'un air **sévère**.

Très **CALMEMENT**, Colette ramassa son cahier.

– Je pense que si je lis à haute voix certains passages de mon journal intime, les choses deviendront beaucoup plus claires...

Intrigués, les étudiants qui se trouvaient dans la bibliothèque s'approchèrent du petit groupe.

Vanilla haussa les épaules.

– Si tu penses que je me soucie le moins du monde de ton STUPIDE journal...

Colette répliqua :

– Alors, écoutez un peu ça : « Vik s'est montré encore une fois à la hauteur... Et dire qu'au début, il n'inspirait confiance à personne ! » Ou encore ça : « Quand je la reverrai, je lui dirai qu'elle est gratinée. Plus gratinée que les pizzas qu'elle mange d'habitude ! On trouve cette pizza à la pizzeria du coin de la rue : Pam va être aux anges ! » Ou bien ça : « Si seulement Violet pouvait comprendre que parfois une belle mise en pli vaut mieux qu'une tisane ! »

Colette regarda Vanilla d'un air de DÉFI.

– Ce n'est pas tout à fait la même version que toi, n'est-ce pas ?

Vanilla, tous les **REGARDS** braqués sur elle, fut incapable de répondre. Et aucune des Vanilla Girls n'osa prendre sa DÉFENSE.

Colette, déterminée à éclaircir complètement l'affaire, poursuivit :

– Et tu veux qu'on parle de ton *essai sur le journalisme* ? Si tu veux copier Téa Stilton, fais au moins l'effort de la nommer !!

Une vague de murmures indignés s'éleva parmi ceux qui écoutaient.

Le professeur Ratcliff, qui avait assisté à toute la scène depuis le fond de la pièce, s'avança à grands pas.

GRRRRR....

– Mademoiselle de Vissen ! Je n'ai pas pu éviter d'entendre… Vous vous êtes comportée de la **PIRE** des manières pour une journaliste. J'en parlerai au **recteur** !

L'enseignante s'éloigna l'air fâché, avant même que Vanilla ait eu le temps de répliquer.

Besoin d'une bonne leçon !

Les **bavardages** des étudiants résonnaient d'un coin à l'autre de l'amphithéâtre de Raxford.

Le recteur Octave Encyclopédique de Ratis avait convoqué tout le monde pour une communication SPÉCIALE. Beaucoup pariaient que cette réunion aurait à voir avec les sales tours manigancés par Vanilla…

Le recteur fit son entrée dans l'amphithéâtre, accompagné de plusieurs PROFESSEURS. Tous avaient l'air sombre et solennel.

La **rumeur** s'interrompit immédiatement. Le recteur s'assit à la table des orateurs et prit la parole.

– Jeunes gens, vous avez été convoqués aujourd'hui, car il s'est passé quelque chose de GRAVE dans ce collège. Une étudiante s'est comportée de façon MALHONNÊTE, mettant en péril la bonne réputation de notre établissement !

Tous les regards se portèrent sur Vanilla, qui joua l'indifférente. Assises à côté d'elle, les autres Vanilla Girls se TORTILLAIENT sur leurs sièges, très mal à l'aise.

Octave Encyclopédique de Ratis continua :

– À cette triste occasion, les règles fondamentales du journalisme authentique ont été bafouées. Je suis consterné que cela soit arrivé, mais je pense que chaque erreur est l'occasion d'APPRENDRE.

Les étudiants retenaient leur respiration en attendant la suite.

Et le recteur de poursuivre :

– J'aurais pu **PUNIR** l'étudiante fautive, mais je préfère qu'elle tire la leçon de son erreur pour ne plus recommencer. C'est pourquoi nous organisons aujourd'hui une leçon spéciale de *vrai journalisme* ! Et pour cela, nous aurons un professeur de choix, qui est d'ailleurs déjà avec nous : Téa Stilton !

Un tonnerre d'applaudissements salua l'entrée de Téa.

Celle-ci adressa un clin d'œil aux cinq filles assises au premier rang et prit place derrière le micro. Tous les étudiants sortirent de leurs sacs BLOCS-NOTES et STYLOS, prêts à consigner chaque parole de Téa.

Son discours fut clair et direct, comme tout
BON ARTICLE ! Même Vanilla nota tout ce
qu'elle dit, sans en perdre un mot !

– Le métier de journaliste est *merveil-leux*, commença Téa. Celui qui l'exerce
doit se montrer curieux face à tout ce qui l'en-
toure et ne doit jamais arrêter de se poser des
questions. Et surtout... le bon journaliste doit
être HONNÊTE et raconter de manière simple
ce qu'il a vu, appris et découvert ! Celui qui
raconte des mensonges, FALSIFIE des décla-
rations ou *joue* avec la vérité... n'est pas un
journaliste, ni même une personne digne de
confiance !

Les Téa Sisters acquiescèrent avec conviction.

Téa conclut :

– Tous ici, vous n'êtes pas des adversaires :
apprenez à *COLLABORER* ! En vous
aidant mutuellement, vous y gagnerez, vous-

mêmes et vos camarades, et vous contribuerez à établir la **VÉRITÉ** !

De nouveaux **applaudissements** soulignèrent la fin de son discours. C'est alors que Vik se leva et prit la parole. Tous en furent ébahis : aucun étudiant n'était jamais intervenu dans une circonstance aussi officielle ! Dans le silence le plus absolu, Vik s'éclaircit la voix et annonça :

– Nous, les étudiants du Club des Lézards verts, avons bien travaillé avec le groupe des filles sur les championnats d'athlétisme. C'est pourquoi nous proposons d'unir les **FORCES** de nos deux clubs autour... d'un seul et même journal !

Le public approuva dans une explosion de :

Hourra ! **HOURRA !**
Hourra !

qui fit presque TREMBLER les murs !
Téa, tout heureuse, SOURIT.
– On dirait qu'une grande équipe est née !

Le Journal du collège de Raxford !

TABLE DES MATIÈRES

Geronimo Stilton

DANS LA MÊME COLLECTION

ÎLE
DES BALEINES

L'île des Baleines

1. Pic du Faucon

2. Observatoire astronomique

3. Mont Ébouleux

4. Installations photovoltaïques pour l'énergie solaire

5. Plaine du Bouc

6. Pointe Ventue

7. Plage des Tortues

8. Plage Plageuse

9. Collège de Raxford

10. Rivière Bernicle

11. *L'Antique Cancoillotterie,* restaurant et siège des *Messageries Ratiques – Transports maritimes*

12. Port

13. Maison des Calamars

14. *Zanzibazar*

15. Baie des Papillons

16. Pointe de la Moule

17. Rocher du Phare

18. Rochers du Cormoran

19. Forêt des Rossignols

20. Villa Marée, laboratoire de biologie marine

21. Forêt des Faucons

22. Grotte du Vent

23. Grotte du Phoque

24. Récif des Mouettes

25. Plage des Ânons

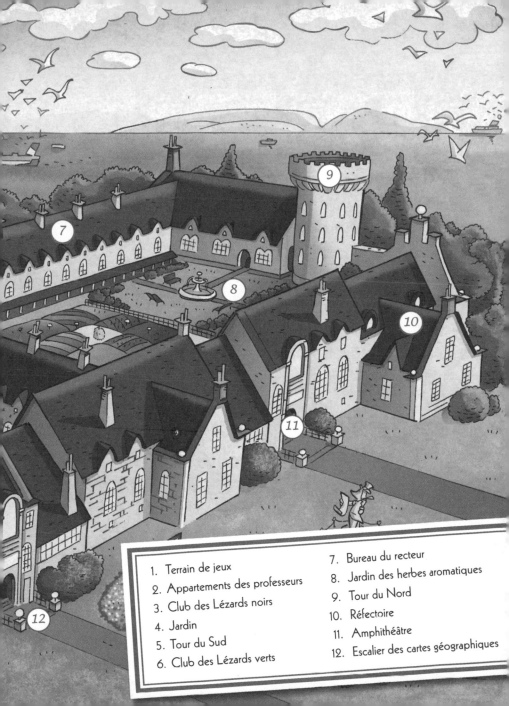

1. Terrain de jeux
2. Appartements des professeurs
3. Club des Lézards noirs
4. Jardin
5. Tour du Sud
6. Club des Lézards verts
7. Bureau du recteur
8. Jardin des herbes aromatiques
9. Tour du Nord
10. Réfectoire
11. Amphithéâtre
12. Escalier des cartes géographiques